潘承基题画诗詞集

潘承基 著

中国·苏州
古吴轩出版社

图书在版编目（CIP）数据

潘承基题画诗词集／潘承基著．—苏州：古吴轩出版社，2019.2
ISBN 978-7-5546-1286-6

Ⅰ．①潘… Ⅱ．①潘… Ⅲ．①诗词—作品集—中国—当代 Ⅳ．①I227

中国版本图书馆CIP数据核字（2018）第286402号

统筹策划：钱小洁　钱新栋
特约编辑：晏美霞
责任编辑：周　娇
见习编辑：王　莹
装帧设计：韩桂丽
责任校对：张　颖
责任照排：吴　静

书　　名：潘承基题画诗词集
著　　者：潘承基
出版发行：古吴轩出版社
地址：苏州市十梓街458号
邮编：215006
Http：//www.guwuxuancbs.com
E-mail：gwxcbs@126.com
电话：0512-65233679
传真：0512-65220750
出 版 人：钱经纬
印　　刷：苏州市越洋印刷有限公司
开　　本：700×1000　1/16
印　　张：12.5
版　　次：2019年2月第1版　第1次印刷
书　　号：ISBN 978-7-5546-1286-6
定　　价：88.00元

潘承基（一九一三年至一九八五年），生于江苏靖江，毕业于苏州美术专科学校。曾任靖江县立中学国文教师、美术教师。自一九五八年起就职于苏州市吴门画苑，直至退休。

旧时明月

韩光浩

潘国光先生是我的忘年交。有一日，他忽交我三本小集子，上面密密麻麻写着诗词。『这是我父亲潘承基的作品，』潘国光先生郑重其事地说，『你且读读看。』

欣喜之余，我赶忙回去沏上一壶酽茶，翻开仔细品鉴，原来里面藏着题画回文诗一百首、山水四季题画诗一百首，又有题画词一百阕。文人都喜欢旧东西，这些诗词就是老宅里的旧笔砚，没有一丝火气，让人读得开心。诗词中虽然不乏游戏之作，但大多明月清风，轻灵又质朴，极见老人遣词造句、磨洗韵律之功深。

读来读去，我忽有一丝明白，潘国光的为人处世，为什么有一种说不出的旧气，原来正是家学有渊源呀。其父承基先生善画，有着厚实的旧学功底。承基老先生生活的年代，笔下不能无所顾忌，题画诗，是他找到的托物言志、荡涤心胸的方式。能辨人间是非而不言，能知红尘纷乱而静心，能赏识天地而淡泊，这怎么说都是一份修行。难怪他诗中自称『吟风弄月一诗翁』。而让人想念的是，这些许题画诗，却不知当年题在哪位名家的丹青之上。犹如昔日壁上残墨、殿中残梁，如今由国光先生汇拢来集于一册，重现世间，当弥足珍贵。

潘承基老人度过的，是一个特殊的年代，作诗填词能给人于无意中惹来太多风波是非。品读潘老作品，其中百首回文诗让人喟叹。江南文人，即便做不到风流无羁，也无缘宽博风范，只有备受挤压，辗转隐忍，但依然可以有自己的生命回旋。潘承基老先生把寂寞化为趣味，写进这百首回文诗里，读来犹如穿街走巷，登堂入室。苏州人讲有兜有转，文如道场，如是矣。这些作品，虽无惊人之语，气息却淡然从容。静读诗词，能读出老先生不暴躁、不气馁、不悲伤、不退缩，宠辱不惊，始终如一的心态。

当时年少的国光兄，未懂得老父的踌躇满志、腾挪闪避，也不曾理解父亲于无余中寻找有余的乐趣。然而时光荏苒，他渐渐读出了父亲诗词间的密码。难怪如今年逾花甲的潘国光先生，愈加沉静，愈加淡然，他应该早已发现了父亲留给他的路标了。

旧时明月，映水绮窗，生活是一个卷轴，展开则是一首接一首的诗词，虽然不能宏大和浩瀚，至少我们可以让每一句都精致细腻。谁不想有那么一天，与世无争，把生命的美妙，沉潜在字字乾坤里呢？

（作者为《现代苏州》杂志常务副主编、苏州沧浪诗社副秘书长）

目录

山水四季题画诗一百首

题画词一百阕

杂诗

题画回文诗一百首

回文诗是我国古典诗歌中的一种独特体裁，正读倒读，都能成诗。本章的回文诗，全部遵循潘承基先生手稿原貌（包括顺序和注释）呈现。由于潘承基先生所生活的年代的音韵与今天有所不同，同时顾及回文诗的特点，潘承基先生原稿所添加的注释中，某些字词的读音、释义与今天的标准并不一致，特此说明。

题山水图

浔西结磊漫沄汾，绿水涟漪荡俗尘。林峭深迷峦拥雾，心纵得意写回文。

浔，水遥也。　峭，音消，山形美好也。

题月夜山水图

沙矸落水近楼台，北岸傍舟有客来。赊望清风摇影绿，华明朗月照窗开。

矸，音子，石名也。

题山水春景图

青青柳绿水流长，岸靠轻舟系上塘。莺啭山深云碌䃀，汀环翠壑万岩苍。

碌䃀，石地不平也。

题山水图

长流浩荡碧沨沨，叠嶂峦青半树红。梁石毗空飞瀑泻，湘云泛漾艇西东。

沨沨，音风风，水声也。

题山水图

山溪泛荡碧开颜，屹屹峰屏岕翠环。顽石真禅方点化，攀崖越岭跨躬弯。

屹，音艺，山立而壮武。　崖，音宜，石危貌。　躬，音弓，弯身也。

题深山古寺图

洪流直泻贯山前，翠壑云开自涓涓。崇寺梵焚芗宝鼎，钟鸣颂佛祷诚虔。

题深山古寺秋景图

长天碧荡浩光开，杖锡飞晖佛座台。凉艳云华荫古木，阳秋洁净绝尘埃。

杖锡，回文为锡杖，是禅门超度众生之法器也。

题南山访隐图

和春得掩半庭芳，室陋添华日影长。坡下岚腾飞步健，峨峨石岭鹤云乡。

题山水图

漓淋石洞宝崖丹，曲隧通开妙翠峦。崎崛嶝科悬削壁，漪漪涧映碧光寒。

嶝，音登，山坡可通行之斜径也。科，断也，此指断石。漪，音衣，水面波纹也。

题山水图

泉流乱石玉青琅，谷拥浮岚山翠苍。瑊累悬崖空漠漠，岩深觅径曲幽藏。

瑊，音咸，石也。

题深山古院图

黄林树木古青松，岫显云清晓露浓。苍色山深秋寂寂，藏身净院北高峰。

题山水图

篷帆隐现碧清湾，造化神仙天水寰。峰远环峦青缈缈，浓云觅路去深山。

题山水图

雄天碧嶂雾茫茫，院寺灵禅宝鼎香。嵱岭云坡连峻崱，嵩华印迹鹤飞翔。

嵱岭，极高之山岭也。　峻，山高大而险也。　崱，音则，大山相连也。

题山水图

阳丹寓道天，宇殿朝峦边。苍翠奇峰险，湘清起碧烟。

题山水图

峣峣仰望赊，院寺镇坡斜。峤峻树空半，霄云璨彩霞。

峣，音尧，山高。　峤峻，险峰。

题山水图

仙山叩九重，近远闻鸣钟。前谷腾烟碧，泉飞奔石丛。

潘国光国画　《雄天禅院》

题春江放棹山水图

潺潺听水流，峭石碧潭湫。山外峦坡岰，颜开泛绿洲。

岰，音坳，山曲也。

题溪山钓翁山水图

颜苍钓绿湾，远渡石回环。鹇白迷青霭，岩红望北山。

霭，音掩，云滞也。

题醉仙庙山水图

山深隐醉仙，翠岭卷岚烟。寰石横林碧，岩屏嶂立天。

题山水图

空悬石渡青霄，嶂耸岚烟韵豪。崇寺坡平海舜，雄岩阪正天尧。

阪，音反，坡崎岖曰阪。

题春景山水图

山香荡漾轻舟，壑满风清湍流。颜红依依柳岸，蛮情渺渺沙洲。

山香，回文为香山，在吴县（今苏州市吴中区）。

题山水图

亭红崛谷山梁，嶂抱雯楼嵷岗。清涧桥浮绿水，舲扬野岸茫茫。

雯，云成章曰『雯』，雯楼指山中雅楼也。

题山水图

沟深峭坯山高，柳荡风清影摇。楼倚人幽漠漠，洲沙岸野聊聊。

坯，音丕，山上有山。

题春景山水图

萍浮野岸桃红，絮泊长堤柳风。汀浅峦回激石，泠泠岫绕舠篷。

激，激流也。泠泠，音零零，风声与水声。舠，音刀，小船也。

题溪山烟雨图

岩层柱石凌空，峷擎台⿰山叵壮雄。帆白云浮重载，衫青雾湿微蒙。

峷，山貌。⿰山叵，音坡，意同。

题山水图

山山水水潭潭，旷野天高远帆。岩接西溪碧砠，岚明北谷青含。

砠，音取，石山而杂土也。

题山水图

浓云霭霭归樵，重雾淋淋石桥。窿壑溪流水浅，丛林古木关峭。

重，音仲，去声，浓厚也。关峭，古秦关之峭山也。

题仕女图

风花引露晓清香，幻境情多梦夜长。红叶题诗新句妙，东流碧水递篇章。

题仕女图

东楼小坐玉容香，绿水流痕浮石梁。红嫩好花鲜罕世，风清满岫碧天长。

题仕女玩月图

苔苍迹砌步新花，竹翠摇风清欻斜。台上月明琴韵雅，开颜玉烛映红纱。

欻，音忽，指竹影动荡不已也。

题仕女作画图

僮昏侍座倚香檀，飔飔风吹妙翠兰。工巧精添新锦叶，融和气贯在心丹。

题仕女双美图

开园小立并芬芳，柳宠花娇迎艳妆。才女溶红情脉脉，徊盘且吐雅词章。

溶，音容，闲适也。

题仕女图

鬟鬓媚目艳新妆，俏髻珠明绛缀香。颜笑清琴和磬石，蛮腰柳舞漫春阳。

俏，音峭，美好也。

磬石，回文为石磬。古乐器，磬有三种，石磬、玉磬、浮磬。

题仕女赏月图

珠明玉碧踏苍苔，凤哢鸾鸣唱和来。瑜白名园芳草绿，灵轮月影移平台。

和，读去声，音贺。

题仕女图

娴清逸艳花，柳翠迎朝霞。鬟髻明帏后，颜芳顾榻斜。

题仕女红叶题诗图

姿娇舞袖长，静院桂飘香。池曲流红叶，诗题戏凤祥。

题仕女烧夜香图

端端烟坐西厢，溜乱花迷夜凉。纨薄姗姗拜月，盘轻窈窈焚香。

端端，古名妓。溜，音习，物影也。

题青楼仕女图

瑛红艳纳金沙，翡绿娇藏玉华。夤⿺辶音长吟古韵，盈盈袖绛披霞。

夤，音寅，恭而求进也。⿺辶音，音远，古乐名。

题仕女图

芳添画笔弯蛾，梦醒魂消气和。凉耐蕉寒滴露，霜清柏劲香罗。

题小家碧玉仕女图

伤心郁郁其时，愿愫施恩谁知。墙茨窗明对月，房阖素朴操持。

题仕女图

思淳意淑柔肠，色悦言和丽芳。慈厚澄清素质，姿幽静沐明妆。

静沐，沐静而无杂念也。

题仕女图

鹦呼幕后骈枝，漏尽朝朝起迟。轻步移莲整籍，情含敛笑敲诗。

漏尽，铜壶滴漏，古时计时器也。

题仕女图

搴帘瑟瑟香风，宝髻娟娥朵红。婵婉彬贤若乃，全才笄字何从。

瑟瑟，音色，风声也。笄，音鸡，古代女十五岁曰及笄。

题张生跳粉墙

郎治月望西厢，倩影沉迷渡墙。祥侣情寄厚福，良缘巧奏华芳。

奏，动作之意也。

题天女散花仕女图

熏熏月照龙槐，朵朵花飞凤台。云驾身轻又去，曛凉袖薄还来。

熏熏，音勋勋，指和悦之仙女也。

题仕女图

风帘揽卷钩斜，静阁轩开牖华。蓉幔珠连敛黛，红罗带结凝花。

红罗，裙也。

题仕女鸣箫玩月图

风翻锦卷䕫词，曼曼箫清淑姿。松茂霜清缓屧，桐庭月艳芳池。

䕫，音英，古乐名。曼曼，声长而远也。清，音京，凉也。屧，音叠，木屐也。

题仕女图

愁肠泪洗眸凝，梦晓甜唇苦心。羞掩红颜忆旧，俦鸾翠阁逢迎。

题仕女图

风薰阁暖红媌，雨润楼绮艳娇。融气香沁脉脉，空愁梦付萧萧。

沁，渗透也，如沁人心肺。

太湖春晓
吴门潘国光画

题花鸟图（喜鹊、红白梅、湖石）

无词有喜报春阳，好韵风高素艳妆。湖石新添辉古镜，涂笔任意画清香。

题花鸟图

荷香新绿满南塘，细点青萍碧水长。波漾齐飞双燕燕，多情翠盖擎红裳。

题花鸟图（牡丹、黄莺、池水）

时和永驻常春华，拜颂多传醉艳花。诗赋能鸣灵巧舌，池清丽影赏丹霞。

题花鸟图（拳石、菊花、画眉）

青锋剑试好拳强，玉素迎寒带露香。灵巧清眉情脉脉，汀蓼红点画悠扬。

题梅花、喜鹊图（用贺新婚）

长年祝颂好梅桩，月夜妍明照西厢。香醑醇樽开五福，扬眉喜舞凤求凰。

题牡丹花、绶带鸟图（用贺新婚）

心同艳艳绿娇娘，阁上开光绶舞堂。音韵歌传声细细，琴鸣雅曲谱才郎。

题梅花、喜鹊图

题新画雅集词章，福厚添红梅锦芳。藜杖恩长鸣报喜，栖巢稳是巧风香。

藜杖，晋景帝赠藜杖一枝，以惠山涛之母。

题榴花、绣眼鸟图

烧空照眼晕蒸霞，绛劲横枝一杆斜。巢小盘翔常跃跃，昭明双目绣珠华。

题蔷薇花、绣眼鸟图

窗明落笔任挥毫，素染红妆醉小娇。腔奏清音鸣跃狘，双瞳细点白珠泡。

狘，音越，飞貌。

题菊花、八哥鸟图

金如傲菊赏花黄，玉爪连环巧艳妆。林杪呼鸣常㶣㶣，心随笔意写新腔。

㶣，音八，八哥鸣也，亦即八哥之别名也。

题仙鹤、山茶花、竹枝图

斜挥趁笔画横空，羽白飞翔鹤顶红。砂宝丹朱明赤玉，华清影弄月迎风。

题墨笔芦雁图

花芦拂影清，海戏趁风迎。斜整翙飞远，沙洲寄怨情。

题画眉鸟、菊花图

情添笔意香，净白两眉长。金菊扶篱倚，清霜颂寿阳。

题梅花图

心冰雪粲花，健骨玉枝斜。音采传梅颂，吟词古色霞。

题兰花图

兰馨只净芬，叶翠涤清尘。寰石天香迹，寒消自锦春。

题菊花图

篱东透彩霞，手植自矜夸。奇集群芳谱，宜时品菊华。

题竹枝图

音幽寄笛箫，节节复明瑶。心启风移影，琴鸣雨带潮。

题黄莺、杨柳、新荷图

歌鸣巧舌尖，柳絮任狂颠。荷碧新萍绿，波微起清烟。

题紫藤花、月季花、翠鸟图

香英锦帐新，紫蝶舞芊芊。墙著多媄绛，翔翎翠水浜。

媄，音美，色美也。

题桃花鹂鸟图

红云照水清，野岸寄闲情。丛草青梨网，风香吐画屏。

题芙蓉花、蓼花、鹣鸟图

菡香赏满池，绛与白娇姿。川流蓼珠丽，鹣鹣俩护持。

菡，音颔，指芙蓉花，亦即荷花。鹣鹣，比翼鸟也。

题芍药花、画眉鸟图

红香璨丽华，紫艳赏明花。翁寿长眉白，荣祥岂点瑕。

题梅花、喜鹊图（弓湖石）

冰心玉骨操，垒壁试弓刀。灵鹊呼庭内，青光镇曲峣。

题荷花、苇草、鸳鸯图

从苇着水流，翠盖擎沙洲。红掌浮沉浅，雄雌侣匹俦。

题紫薇花、月季花、八哥鸟图

盈盈紫彩鲜，染细重红妍。清笛歌灵鸲，鸣长好管弦。

鸲，音育，即八哥。

题虞美人花、洞石、黄鹂鸟图

春苑满艳芳，洞石倚红妆。尘洗双鸣鸟，谆谆好鹂黄。

题垂丝海棠花、黄莺鸟图

红肥绿瘦香，锦似醉容妆。瞳转情思睡，风迎巧舌簧。

题相思鸟、拳石图

青山远望晴，跃石试身轻。情爱相思鸟，庭前听唱鸣。

题白头鸟、牡丹花图

翁头白老苍，惯画俩飞翔。红艳多增福，蜂群醉色香。

题苍松锦鸡图

苍松老健顽，岠腊立深岩。长尾红衣锦，妆明画彩颜。

岠腊，大山杂色石也。

题花卉岁寒三友图

苍髯玉骨牙，巘谷立风斜。香雪魂红淡，良优怎点瑕。

题松鹤图

苍龙老干雄，岁晚挺高松。长唳嘹鸣鹤，霜翎翱碧空。

题仙鹤图

翔云鹤寿天高，翅振腾空去遥。庄岸风披雪羽，湘潭月亮霜毛。

题莺燕、桃花、杨柳图

莺啼树曲繁枝，燕浴台傍碧池。情满桃红艳艳，轻飘柳绿丝丝。

题鸡冠花、芭草、雄鸡图

红花滴露新冠，绿叶芭芭倚栏。雄壮长鸣报晓，工描染顶砂丹。

芭芭，香草名。

题牡丹花、鹦鹉鸟、洞石图

腴芳鸯鸯红妆，翠艳披身绿裳。朱喙灵机慧性，瑜明石洞生香。

鸯鸯，音养，香气四溢貌。

题乌龙图

龙戏笔乌焦，海卷雾腾蛟。浓墨云昏黑，雄气水轻描。

题蛟龙图

蛟腾碧海飞龙，剑化天高壮雄。潮涨流回势涌，涛波滚滚声洪。

题猛狮图

嗥狩攫击电如瞳，下拜朝首百兽雄。涛怒风威鸣上岭，毫毛竖刺满光红。

嗥，音豪，此指狮怒也。

题猛虎图

寅庚记得咬钩牙，啸雨逞威震岭赊。惊跃飞空凭爪利，晴明照窟谷深斜。

赊，音奢，远也。

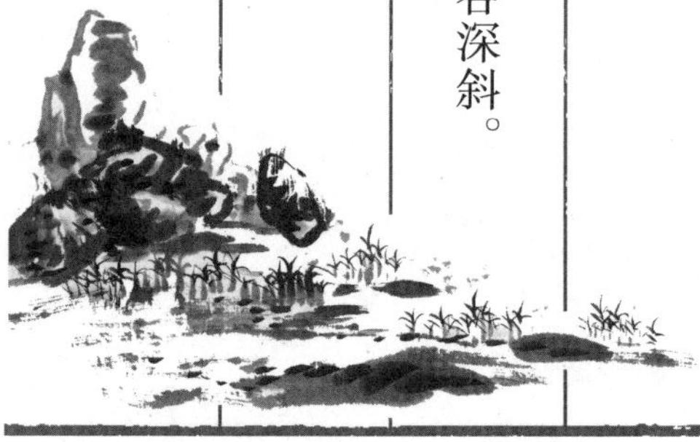

题猛虎图

风威雨啸怒崩山，锯爪钩撬起尾弯。雄劲狂生寅客到，峰围突袭下天南。

撬，音俏，举也。寅客，指虎。

题猛虎图

巢居峭谷深谽，窟守昆岗迷岚。嚣叫风追凛凛，撩呼霪逐眈眈。

谽，音寒，谷空而深也。霪，音泊，急雨也。

题猛豹图

烟腾碧岫伏深山，赤豹飞奔下石寰。坚壁攀依凭锐爪，严威逞势厉貗顽。

貗，音渠，猛也。

题骏马图

骑驰骋疾风，遐迩震驹雄。岐水争浮渡，曦晨破剑锋。

驰，音池，马跑快。骋，音逞，马前进。遐，音雅，上声。

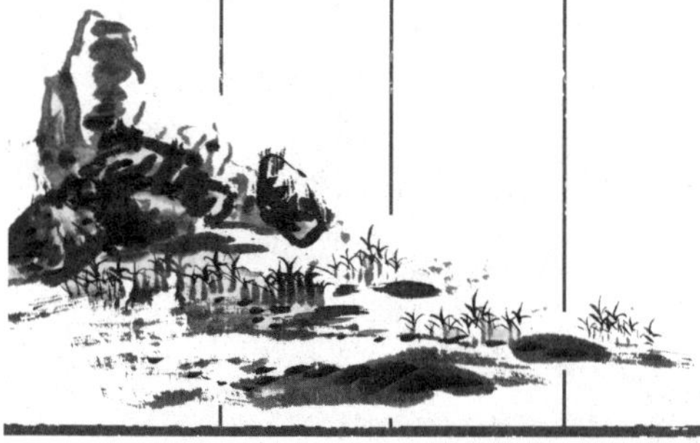

题白猴图

霜毛白面玉南南，下谷风光岫拥岚。张瞫瞳明精跳跃，藏翻略影渡澄潭。

南南，猴之别名。瞫，音审，深视也。

题狐图

狐仙假虎威，洞石影微微。炉宝消痕灭，无真似梦飞。

题猫图

庭桐伏狸虎威风，戏蝶花翻尽转瞳。榲栋潜身拿蠹鼠，惊鼩荡鼩震勋功。

狸，音里，猫也。鼩，音平，鼠也。鼩，音促，小鼠也。

题白兔图

霜毛碧玉素温柔，朴净安身隐漠丘。藏洞深林株守获，常常逗迹伏瓜畴。

丘，音抽，土堆也。株守，战国时宋国有好事者守株待兔，终获之。

题金鱼图

英奇绿点苹，艳赤赏鲜鳞。滨水浮光彩，莘莘绛尾金。

莘莘，众多也。

题蝴蝶图

毫须触醉红，艳绝画描工。娇丽蹳蹳舞，高低趁柳风。

蹳蹳，舞貌。

题骆驼图

峰驼载重蛮，远渡跨边关。雄伟力强壮，功勋立世寰。

山水四季题画诗一百首

春

花明柳暗紫烟浓，大好春光十二峰。碧水横流云壑外，先生笔意荡心胸。

春

夭桃嫣展报春晖，绿野茵茵柳絮飞。夕照春山湖似镜，涟漪碧荡片帆归。

春

翠柳风摇着地长，绮茵席坐也清香。青山纵目知何处，信步攀登到凤岗。

春

青山绿水板桥东，紫英柴关杨柳风。万卷诗书惟菊瘾，不贪富贵不贪功。

春

香山似虎伏姑苏，筱巧灵邱绿屏孤。赢得兰茵铺翠锦，南临万顷有明湖。

春

春光满照此图中，荡漾湘洲兴不穷。面面青山云淡淡，吟风弄月一诗翁。

春

风吟翠柳小蛮腰，野岸渔舟款款摇。涧水清流流不尽，青山几叠艳多娇。

春

青山几叠小桥东，碧水溶溶细细风。钓槛平临飞赤鲤，遥闻净寺一声钟。

春

沙洲荡柳风，野岸小桃红。画艕傍南麓，山影断续中。

春

柳岸听啼莺，春江绿水盈。晴开晖锦嶂，历历翠空明。

春

飞流泻石寰，首响翠微湾。浩荡云山远，春风逐笑颜。

春

柳岸赏云涛，峦光拥碧潮。南湖春荡漾，绿水满轻篙。

春

紫竹小苑东，青青柳荡风。湖山闻鸟语，歌唱橹声中。

春

岸柳拂芗风，夭桃放晓红。苍翁贪自在，策杖得轻松。

春

妙楷总烟林，岚光叠几寻。东风吹上岭，岠嶂耸嵚嵚。

春

柳荡听鸽鹛，风鸣滟玉笙。峰峦明野岸，寺递晓钟声。

春

玉指揭帘笼，青山映几重。云舟吹一叶，翠艳枉游踪。

春

翠柳舞丰标，花明小碧桃。征帆飞岸北，远岫落江潮。

春

云山惯失真，石礨却精神。水碧江天外，篾篷远隐身。

春

吴山绿韵长，无处不悠扬。邓尉灵岩嵊，游人笑语芗。

春

潺流碧水湾，翡绿绕层峦。纵目风光好，潇洒画意娴。

春

峡径绝嚣尘，藏峁玉树春。蜗庐来上客，赋咏唱双声。

春

柳岸一身单，桃红逐笑颜。幽林芗绿韵，仙境在人寰。

春

五柳舞春妆，青山绿水乡。长天浑一色，大块好诗章。

春

极目树苍苍，金山万里江。扬帆云雾里，彼岸好春光。

夏

森森碧韵望葱茏，峭挂飞泉万仞松。几许轻舟帆影渡，青云岫拓浪千重。

夏

瀑泻悬空下剑门，清流画舫泊江村。龙山雾隐知何处，万绿丛中不露痕。

夏

万木参差石屋前，荫荫碧护净庵虔。湍泻山高长虹下，一个仙人落九天。

夏

乔乔万绿望青穹，峭挂飞流满壑风。古刹阿阇梨仟纬，迢遥只听几声钟。

夏

北渚高枝择木栖，蜩螗不断作长啼。阴晴幻弄三山外，万里风光霁色霙。

夏

夏日威炎靠绿稠，山明水秀竹林游。清泉濯足龙潭畔，磊石潺湲不尽流。

夏

幽林曲径踱迢遥，竹屋荫翳避暑巢。夏日如年何所事，深山攻读且聊聊。

夏

沼溪竹屋两三椽，白鹤峰高碧雾前。万绿成丛荫北阁，征帆飘荡远沙边。

夏

泉叠碧沨沨，山腾雾影浓。菁光浮暑气，涉涧挽傒童。

夏

岫立半山亭，篁随雨后青。云深林石垒，瀑泻水泠泠。

夏

翠岫郁绵连，泠泠叠叠泉。云山无限好，荡漾赏风烟。

夏

稀年野兴多，笔下总山河。峭壁云迷矗，岚光万绿和。

潘国光国画　《溪山寻兴》

夏

芳幽绿草丛，乔木郁葱葱。瀑泻天然趣，崖前一老翁。

夏

叆叇湍流洪，风来雨打篷。轻舟归去也，远在石庐东。

夏

玉磊碧云潭，芳苇绿影涵。山光炫雅韵，岫拓远清颜。

夏

禅庵塔影峨，绿引玉嵛阿。帆轻飞远浦，眺望荡山歌。

夏

绿拥白云峰，林泉断续中。潺湲流不尽，翠阁纳清风。

夏

万绿暑全消，深山胜寂聊。西溪傍竹屋，霏淡引峰塬。

夏

吴山望楚云，陡笋自成群。万绿荫翳处，苍翁踏夕曛。

夏

草木绿阴稠，山低水转流。光开明四野，策杖步芳洲。

夏

乔木石苔滋，云山出砚池。千军攻剑垒，竹屋且吟诗。

夏

耸屹屹云齐，罥虹山小溪。光摇舫滟滟，染淡远峰低。

夏

绿擎碧天长，奇峰野径茫。芸窗添雅兴，遣闷寄诗囊。

夏

嶂耸擎苍天，罥罥缕缕烟。青光炫万绿，潺湲听流泉。

夏

巉岩郁嶇青，绿竹拥云亭。北立崔昙寺，迦首颂释经。

秋

岐崖壁垒剑门雄，绛石秋光似火红。黄叶因风声飒飒，山樵蹑磊暮云中。

秋

笙歌嘹亮荡吴艘，疑似仙人铁笛腔。绛墨秋山添晚艳，悠悠映水绿绮窗。

秋

一抹秋光万树红，云掩胜概气豪雄。苍颜鹤发南湖客，庚岭归来暮霭中。

秋

石虎眈眈踞关雄，悬崖晚艳蔓橙红。天桥俯仰飞流急，秋色山光入画中。

潘国光国画　《浙江记游》

秋

嫣枫绝艳拥茅斋，石壁俨然宝相排。岫峙峨峨崎岪蔚，清流浩荡碧无涯。

秋

金风飒飒绕楼台，点缀丹青不染埃。岠下坡前灵慧寺，禅门朔望九光开。

秋

树染朱颜浅淡描，青山倏忽绛光娇。云流黝黝悬崖下，百丈泉奔落九霄。

秋

虬松翠柏拥苍苔，崖首幽明览胜来。极浦横秋红树老，山重路远白云开。

秋

云山处处枫，玉殿晓鸣钟。瀑泻长虹碧，沧江一钓翁。

秋

石径蹑云登，青峰亦嶒嶒。崖光添绛韵，古柏蔓红藤。

秋

锦嶂艳情娇，长虹泻九霄。疏枝红叶老，隘隘路迢迢。

秋

垒立映飞霞，枫红艳似花。渔矶凭槛畔，独钓绿茵沙。

秋

光开染锦红，绛艳点渲工。北渚云山远，漪漪缈缈中。

秋

岩壁绛芳丛，绮妍石嵌红。云流荫远岫，浅淡有无中。

秋

垛远映青帘，秋光绛艳添。轻舟飘一叶，那怕晚风尖。

秋

紫竹映窗纱，朝红日影斜。秋山黄叶乱，云岫望高奢。

秋

大岯屹巍昂，云飞木绛黄。烟波摇影碧，夕照远山光。

秋

漫步走红桥，依山转首坳。峦巅添绛艳，黄叶任风飘。

秋

蔚麓掩柴门，西风断旅魂。湲长流绛叶，夕照此山村。

秋

群峰淡淡烟，绛耸映窗前。落木怜朱艳，平湖夕照天。

秋

岫远叠天关，霞光满树斑。秋深人未觉，夕看艳朱颜。

秋

青峦幻绛红，垒壁倚茅蓬。涘叠温泉碧，风鸣古寺钟。

涘，音四，河岸也。

秋

万古者龙槐，低徊步绛苔。长虹胃碧韵，巉崖九光开。

秋

篪耸白云边，罗浮峭岩前。秋山红树老，胜境属诗仙。

秋

峰高自解颜，岭赤白云间。绛树严楞塔，参神石径关。

冬

长山白玉满高峰，老树凋残槁几丛。北国风威严凛冽，茅墙若辨是西东。

冬

零星石骨落寒渠，古木冰枝水竹居。壑朗通明人世外，红尘脱净武陵渔。

冬

老木枯枝雪未消，阴森叆叆过溪桥。千山缟素人清白，一个高僧独自摇。

冬

极目苍茫白首崧，悬空湍泻碧沨沨。归舟雪载清光冷，秃笔冰冻画未工。

冬

西风又报腊前梅，罗列青山石径隈。野谷潺潺流不息，茅轩独酌白云杯。

冬

冬岩岁岁剑锋寒，翠竹萧疏卧雪弯。野径难寻迷白垒，山人寂不怕风餐。

冬

修篁失节也弯腰，万树怆然裹素袍。不老青山头白了，炉边且品绿峰毛。

冬

冰峦叠嶂白云间，古木飘零已岁残。幽筑深山老隐士，诗书得伴晚年闲。

冬

万里冰封缟素妆，山峰积玉更风光。深居竹屋炉边坐，惠款先生筱使忙。

冬

西溪野岸风，袭白远孤篷。老树横岩石，翳翳径几重。

冬

冷首落云坳，山深寓竹巢。陂陀沼石径，老树胜风骄。

冬

万岫绝飞翔，冰争日月光。风云多幻变，槁木健顽苍。

冬

六角下清穹，群山白玉容。紊浑披竹寓，瑞雪祝年丰。

冬

峭峡碧淙淙，飞舟万里风。斜晖沉暮色，白塔寺鸣钟。

冬

大雪满风帆，凋零卧古杉。寒庐惟独钓，岁暮白苍岩。

冬

行来石度东，不怕雪冰封。涧壑云崖下，依然一老翁。

冬

水砾叠流淙，冰岩石径通。溪光山色净，满岫看青松。

冬

瑞雪趁风骄，堆金积玉饶。千山披锦絮，万径没人嘈。

冬

西风石屋弯，策杖一身寒。老健心犹壮，高峰立大观。

冬

云山野岸新，万里冰空明。几叠泉浮石，潺鸣惠客情。

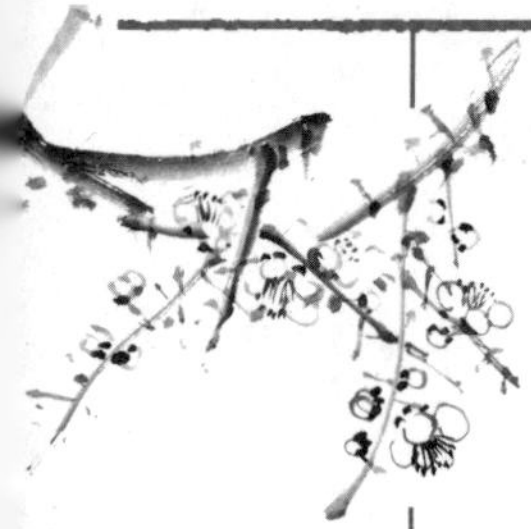

冬

落木冰枝摇，筐尘倚陬坳。青峰神未幻，策杖渡山桥。

冬

荒山雪景幽，古涧叠泉流。落木凋零了，诗翁赏老楸。

冬

溪边屋枕山，古木未冰残。惯龙松涛吼，策杖在天关。

冬

古木护冰庄，参贤到北岗。茅庐诸葛亮，傒傔侍吟房。

冬

西风老屋残，雪压竹宁弯。落木怜枯槁，苍翁不畏寒。

题画词一百阕

调寄西江月

耸叠云山峰顶，艳斜阳一抹红。望轻舟渺渺西东，策杖攀岗、崇寺立金雄。绿漫迷离远树，碧流叶落秋风。绕低峦画阁重重，看秃笔引来妙境难逢。

调寄江南春

南渥洼，北渥洼。岩石险斜，岸平有人家。好峰峦耸立云遮，烟霭空蒙影无涯。

调寄豆叶黄

路迷烟雾小桥东，山高瀑泻云几重。殿宇朔斋祷念功，丈鸣钟，坳深难行度草丛。

调寄采桑子

岭峦环碧青峰远，烟漫潇湘。帆影微茫，南天顺着好风扬。　鏨坳幽深寻曲隧，参拜禅堂，金身宝相佛辉煌。

调寄江南春

剑门穷，剑门穷。山弯云妙，回几曲难料。石兽风趣欲跳，峰嶙嶙远听角号。

调寄浣溪沙

崖壁难翻百里遥，沨沨湍激大江潮，千山明朗青云霄。翠岭天成锦绣韵。醉翁挥洒笔情豪，最赏是耕读渔樵。

调寄春去也

秋来也，枫叶漫天红。遥望苍烟江水东。青岩翠峦万绿中，扶藜傍竹丛。

调寄画堂春

漫山都是碧青松，岸边处处桃红。壁崖前古塔高风，金殿佛雄。策杖携经偿愿，三千世界重重。迟归迷途去何从？还靠书童。

调寄江南春

南山高，北山高。悬崖石摇，泉直泻曲壕。柴负百斤一老樵，稳步单根独木桥。

调寄浪淘沙

云嶂立霄空，霭霭微蒙。远滩边总是芜丛。万木参差环竹屋，几许青红。两曲路相通，扶杖何徙，树深阻莫辨西东。山半还空留书院，古刹鸣钟。

调寄江南春

一杯酒，两杯酒。分别多久，尽劝斟老友。茅斋筑就崖岗下，漫山枫叶落飕飕。

调寄采桑子

画楼斜倚山冈畔，翠柳腰蛮。云淡晴峦，青峰耸立靠垒关。浑然浩气烟微缈，却是仙寰。溪曲清湾，风急迎流一篷帆。

调寄望江南

烟雾淡，极目总青山。渡得悬崖通绝壁，岭南峰绕着仙寰。人住白云间。

调寄江南春

南山麓，北山麓。千年石屋，岩磊险倾斜。青崖边巧傍高阁，江岸望潮来潮落。

调寄转应词

芳草，芳草，漫山崎岩回绕。红云绿雾姣姣，巨石危谷非小。叠漻，叠漻，直泻烟潭画巧。

调寄江南春

篷帆远，篷帆多。春晓晴和，风拂拂微波。云天淡淡青峰峨，神州是锦绣山河。

调寄忆江南

大江南，都绿水青山。朱楼翠阁总悠闲，最是西湖称妙绝。却真个仙寰。

调寄风入松

苍穹烟碧入微茫。深渗野风扬。远山半露雯楼上，石栏干、翡翠分香。云淡浮青峰倩，天际白鹤高飞翔。登崖路那管多长，松林密转羊肠道。且自优游觅康庄。点写得晴峦妙，墨痕留笔收场。

调寄江南春

桃嫣红，柳嫩绿。青山起伏，溪清流不浊。处处是凤楼龙阁，却好江南图一幅。

调寄春去也

山光好，绿岫烟缈缈。朔望禅门开未晓。峦外林深人家少，滩边云淡了。

调寄江南春

一人家，两人家。闲话桑麻，茅舍也净华。青山绿水天然趣，云淡风清乐无涯。

调寄苍梧谣

山，峰岭岗峦妙回寰。可瞭望，几片好征帆。

调寄采桑子

岃岕巍峨嶙坳处，古木荫环，奇异参参。生来怪石兽开颜。深藏世外天然妙。绘好东关，绘好西关，万代后永不凋残。

调寄转应词

芳草，芳草，竹溪村路迷晓。藜杖扶渡长老，岩高峦低云淡。山好，山好，还靠笔锋巧。

调寄清平乐

花香柳翠，却引春醉。崖壁荡然云雾里，旧路欲觅弯背。茅墙零落西东，山前远处飞鸿。

沙岸天涯芳草，迢遥隐现帆篷。

调寄卜算子

春水满溪山，云霭迷晴早。峦嶂高低风光妙，好个苍颜老。　走崖边回绕，奔瀑流多少。

回顾江帆疾似飞，舟比豆子还筱。

调寄江南春

水流远，峰云高。气势䃲䃲，峦石架天桥。温泉直泻似涌潮，携杖来兮一身摇。

䃲，音敖，平声，山高貌。

调寄长相思

山苍苍，水茫茫，西江远渺征帆扬。清风吹乐乡。　三丛篁，两丛篁，垒叠弯多觅路长。何如招渡航？

调寄江南春

滩湾远，路引长。白鹤山庄，茅屋笆篱凉。枫林烂漫红岩梁，秋晴送来好风光。

调寄柳梢青

清流不尽，西溪石歪。岭抱楼台，云树谁栽。泻瀑飞来，扶杖徘徊。禅门朔望常开，鼎立住、天雄九垓。习习清风，石怪山幽，真个蓬莱。

调寄江南春

水东流，水东流。几许春秋，㵲永无尽头。群山韵致来炫眸，万仞峰高立神州。

㵲，音趁，水流貌。

调寄豆叶黄

夕照乌迷目蒙眬，岩高石斜烟几重。野岸杖拖一路风，踏芳葱，归晚误寻撞茅棚。

调寄江南春

微烟迷，柳丝齐。人家笆篱，一声声午啼。深山濯足踏筱溪，阿姊莲步轻慢移。

调寄闲中好

岩高低，云浓淡巧齐。山村路远迷，有人家短篱。

调寄南歌子

翠柳丝绿长，楼倚斜崖凉。山外青山山外水，潮平风微，瞭望征帆扬。

调寄南乡子

勾勒画兴豪，漫写青嫩翠柳条。古木参差芳草绿，盘葑溪流宝带桥。山明水秀潦潦，苍翁携杖一身摇。

潦，音聊，水流动貌。

调寄闲中好

好山峰，烟雾浮三重。岭下平岩处，住人家茨篷。

调寄浣溪沙

万里长城万里山，看云流岭壑回寰，清泉直泻碧潺潺。数古木参天不尽，策杖人

健步尤顽，行行无伴过三潭。

调寄渔父乐

剑阁檐斜烟霭间，溪南溪北挂征帆。云岫碧，疑天关，锦绣山河总开颜。

调寄闲中好

大江风，烟雾薮长空。帆渡知何去，越关山几重。

调寄春去也

峦岩叠，壁崖卷青烟。奇峰明秀欲平天。遥望江帆波影涟，看一一争先。

调寄南歌子

水远大江潮，岩石搭斜桥。高峰峦峣峣，崖壁路弯远，露棚茅。

搭，音答，此作架也。峣峣，音摇摇，山伟貌。

调寄采桑子

柳絮花飞懒春眠，石岸迷烟。山色云连，水落石桥偏。峰回路转东关远，策杖高年。孩引在前，不怕风吹帽落龙山边。

调寄闲中好

岩烟浓，泉叠泻云空。杖策崎岖路，又霞明夕红。

调寄采桑子

壁崖画阁云冈耸，瀑泻洪流。峭谷烟浮，晴开远眺总田畴。
高低明灭难辨处，几许耕牛。近操湾沟，再转滩沼走尽头。

调寄江南春

北山里，谢公墩。茅墙柴门，醇酿酒已陈。高朋都攻读斯文，知己难逢只劝斟。

调寄春去也

大江东，看青山重重。遥望中原苍烟外。岩倾峦平峰秀雄，手指点杖龙。

调寄春来也

冬来也，万里总冰封。长白山深还青葱，缟絮疾吹荡心胸。喜岁岁收丰。

调寄南楼令（题木芙蓉花、灰鹭、苇草）

秋度欲交冬，艳开花冷红。倚清流、随湍摇风，何意偏来金鹭隐？情脉脉、自融融。

几笔抹西东，枯苇草丛。近年来、画兴犹浓。水墨飞扬描不尽，人世漫、漫留踪。

调寄潇神（题竹月图）

天竺枝，天竹枝，不怕风摧只相思。劝君莫作瑶琴怨！明月团圆赋唱词。

调寄豆叶黄（题梅花、喜鹊图）

铁影横枝一干斜，清香溢溢吐红华。笑放人间第一花，喜喳喳。春光普照艳无涯！

调寄长相思（题画眉鸟、枫叶、菊花图）

枫又红，眉又红，栏干数尽筱桥东。无处不玲珑。　云也浓，情也浓，黄英紫蟹已成丛。香梦付秋风。

调寄江南春（题蝴蝶花、蝴蝶图）

花似蝶，蝶似花。娟娟妙华，风吹更婀娜。黄白彩斑、舞蹈家，花花飞蝶蝴蝶花。

调寄江南春（题凤仙花图）

花名凤，凤名花。却是仙家，群卉拜芳华！驾得红云更婀娜！彩凤娃飞向天涯。

调寄江南春（题栀子花、绣眼鸟图）

石渡边，栀子鲜。摇摆风前，倩影分外妍。情韵丰姿惹可怜，绣眼儿来更心甜！

调寄江南春（题桂花、喜鹊鸟图）

香丹桂，丹桂香。黄花闺女，滴滴好娇娘！只是等待巧文郎，喜来鹊儿逗飞翔。

调寄佚名调（题南天竺、喜鹊鸟图）

溧溧砭骨又如何？寂寞耐冰苛。日照残雪能消磨，独绛珠多。老夫抱膝长吟哦，描岁晚晴和。人间天上，笔飞翎度，喜报新歌。

调寄调笑（题红白梅花、喜鹊鸟图）

桩姣，还老俏，白白红红天韵妙。花仙却比春先到。铁骨冰魂多窍，干斜灵鸟来飞叫，喜讯开声常报。

调寄朝中措（题牡丹花、绶带鸟图）

轻盈俏态不平常，无语倚宫墙。醉艳迎风春色，绶翎几度盘翔。瑶台玉砌，新枝旧干，情放幽芗。圣殿华清赐浴，也曾樽倾明皇。

调寄四字令（题紫藤花、鸳鸯图）

藤悬架桩，联珲巧镶。嫣然腻紫飘香，笑花晨影长。柔枝翠珰，金屏锦床。莫惊佳偶鸳鸯，怕飙风下塘。

珲，音浑，美玉也。

飙，音标，狂风也。

调寄江南春（题马兰花图）

蔓草藜，草藜蔓。芳草踏惯，当心好花看！娇艳儿有人称赞！让她风和尽灿烂！

调寄江南春（题喜鹊、梅花图）

鹊哗哗，鹊哗哗。何意喧喳？喜讯在咱家。铁骨神仙姿态妙，日照健影明窗纱。

调寄江南春（题梅花图）

冰魂香，劲干苍。弯曲坚强，幽影卧萧厢。千年挺秀老梅桩，却敢与日月争光！

调寄调笑（题竹图）

箫管，箫箫，正是风轻云淡。滔光寺前见惯，个字清规共赞！坚节，坚节，精神不屈不断！

调寄调笑（题黄莺、桃花图）

春鸟，春鸟，莺鹂清歌竞叫。夭桃争光美妙，文禽生动欢笑。非凡，非凡，灵机最是精巧。

调寄江南春（题菊花、画眉鸟图）

冷香寒，守篱关。拒朔风顽，清霜沐高洁。大好秋光雅韵娴，画眉歌唱也开颜。

调寄闲中好（题雄鸡图）

雄威立，冠红尾撬奇。璨煜戎装健，正长鸣晓啼。

调寄江南春（题万寿菊、喜鹊图）

前园香，后园香。满篱菊黄，同赏好秋光。鹊儿喳喳声不住，翔飞颂万寿无疆！

调寄谒金门（题菊花、苇叶、鹭鸟）

黄野菊几簇，白鹭双栖同露宿。荻草成丛漫天风起落。急雨残催枯木，水浅且伸头浴。图写文禽能自足，无人应长乐。

调寄菩萨蛮（题牡丹、黄莺）

姚黄魏紫软红曲，描写莺鹂新绿。春尽数风流，艳阳明朱楼。册列群英谱，还是香姿巧。台砌卷龙草，团圆月明姣！

调寄小重山

玉倚栏干春正红。啼莺声渐渺，柳情浓。扇摇风影或西东。藕丝牵，何夕得相逢？

关塞漫辽东。嶂屏千里远，怨重重。相思宿债补何从？移莲步，人在画楼中。

调寄眼儿媚

谁怨红楼一身单？思旧只凭栏。九秋已近，燕飞双去，雁影南还。

黄花犹茂人安在？正叶绿消闲。那怕雨打鬓，辽风劲，远念关山。

调寄伤情怨

秋风寒影严肃。暗饮淋漓足。只是今宵，呆翻衾整乱褥。宝洞攀登在天竺。念断空门，仍芳容载福。

调寄忆王孙

青青杨柳着栏长，风拂云罗待西厢。记得朱楼扶粉墙。想檀郎，夕照霞红枉断肠！

调寄闲中好

更漏残，月微朦未晓。霜露踏芳草，问芸娘何早？

调寄长相思

花也融，月也溶，柳外楼高绿萍踪。佳人小玲珑。山几重，水几重，飞絮传情到关东。问消息空空！

调寄春去也

春光晓，红楼闻啼鸟。独坐香闺幽静好。西关边戍沐风尘，何必思烦恼！

调寄闲中好

南湖石，挺坚立苍苔。雾香空朦月，影移罗裙来。

调寄闲中好

望东关，帘风怕指寒。艳妆且幽闲，柳情惠小蛮！

调寄豆叶黄

帘拂轻清柳叶风，懒欠蛮腰立花丛。慢移玉莲曲池畔，忆情融，亭台一角小楼东。

调寄佚调名

望穿秋水兮，娟娟似蛮腰。花丛笑相招。好一个青媌，情艳娇。

调寄江城子

撩帘晓起唤春红。怕迎风，眼蒙眬。淡淡青山，山外望飞鸿。纨扇轻摇无个事。愁戚戚，想空空。

三年五载怨深重。水流东，影无踪。镜里消容，知阿姊才宏。一笔勾销情自乐。伤心事，不言中。

调寄好事近

烟柳荡春风，凤阁飞檐玉立。涧映着清流碧，好一轮明月。望关山万里迢遥，尽悃守难说。一缕情丝谁系？苦回肠畴昔。

调寄采桑子

睡酣未觉春眠晓，无意秋千。闲拨沉烟，欠整金缕睡髻偏。鳞鸿不睹边关讯，屈指经年。抛泪帘前，姑怕风凄只自怜！

调寄苍梧谣

酸！频频泪洒画楼栏。今宵怨，听漏尽更残。

调寄阑干万里心

锦楼翡缀一番新，功力才思尽苦吟。巧鹊随风飞不停。到而今，写就回文万里情！

调寄江南春

朝也愁，暮也愁。斜坠钗环，青楼娘泪流！借问人生几回醉？却歌唱难于启喉！

调寄长相思

来匆匆，去匆匆，一年容易又秋风。底事断征鸿。

思东东，想东东，长城万里是长虹。梦里也情钟！

调寄江南春

丰神静，双鬟娜。彩髻凤钗，夜明珠丽华。好一个权势王家，金屋藏娇绝艳娃！

调寄江南春

尽思畴，无良谋。人倚朱楼，却无限怨愁！阿姊世家第一流，悠悠岁月度春秋。

调寄江南春

伤心事，惹情多。魂梦不定，清风微不波。霞披彩锦艳纨罗，问何必泪洒西河？

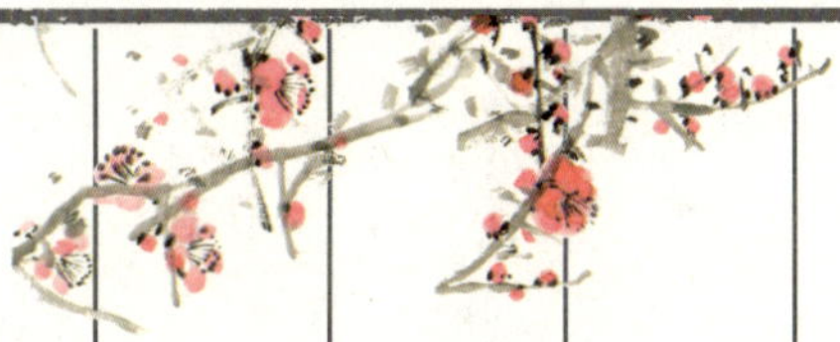

调寄摘得新

泪水流，流玉笛怨愁！新妆宝髻钗头，梦悠悠。嫩红几日经风雨，还思畴！

调寄江南春

泪汪汪，何悲伤？斜倚兰房，月影照纱窗。偏窥帘外秋风凉，飞梦天涯念檀郎。

调寄江南春

窥菱花，窥菱花。鬟髻还斜，更妆点金钗。楚楚榴裙袅娜，客上青楼呼小茶。

调寄江南春

事勿巧，情还好。未觉天晓，三竿已辰早。双眸难启丰神少，相思债如何还了？

调寄眼儿媚

杨柳丝缭风寒晓，轻移玉阑干。影孤岑寂，想南飞雁，且待重还。悠思沉默深闺里，只剩一身单。槛外日丽，溪光明远，淡淡青山。

调寄江南春

一枝花，两枝花。坐立并华，宝艳妆婀娜！边关迢遥去路赊，夜夜飞梦到天涯。

调寄江南春

魂飞远，梦天涯。北关谁家？风号响吹笳！槛前高髻艳无遮，静守香园日影华。

调寄江南春

天苍苍，地扬扬。情怀久长，何苦神暗伤？且拣绀罗素淡妆，当机断却负心郎！

调寄江南春

莫断肠，莫断肠。何必悲伤！萧斋月影长青灯。黄卷弃文郎，绛披龙凤换新装。

杂诗

题牡丹花

清平才调玉堂传，富贵绮绚金首仙。赢得声羡推国色，明妃醉艳列尊前。

题仕女独坐南苑图

清魂昨夜见君还，梦觉依然独自闲。百转愁肠无尽日，迢遥何处是关山。

题猕猴偷桃图

猕儿学得东方仙，匿坐云坳小有天。护树摘桃攀峭壁，潜溪越壑走山巅。

题山水图

龙岗凤阁九光开，一道飞虹岭上来。好景悠悠存万古，苍翁览胜到天台。

题山水图

鹅黄鸭绿举金杯，紫甲山蔬逸兴摧。橹转香萱龙岭下，云岩白塔度天回。

题山水仿唐寅图

逍遥策杖板桥东，柳岸夭桃放晓红。若问先生何处去，前村晋谒解元公。

题山水图

清风拂拂泛龙江，玉柱峰前到客艭。九胜芸楼披万卷，诗人促膝话同窗。

题雪景山水图

荒江六角乱飞花，古木凋零望岸斜。一叶孤篷迎凉冽，滩沼冷落几人家。

题紫藤花、翠鸟图

联珠蝶舞纳芗风，架槛华清蕙帐中。翡翠翩翩依碧水，穿翔只为觅鳞踪。

题岁寒三友图

铁骨坚贞万古雄，青苍挺拔逞威风。冰肌玉干胭脂色，节尚清淳不凡同。

题金鱼、红萍图

红萍娇艳玉如花，惹得金鳞戏婀娜。鱼水千年原自合，人间天上两芳华。

题鲤鱼图

浮游嫩鲤显鳞红，却是新萍寄旧踪。碧漾清和塘一角，娇妍婀娜舞春风。

题泰山黑龙潭

苍云浩荡叩天关，五岳雄奇第一山。岭翠千寻黄虎石，渊澄万丈黑龙潭。
朱瑁宝块洵炫烂，赤锦优鳞总解颜。长寿桥卧泉挂碧，风雷亭在树仙寰。

题峨眉山牛心石

云门倏忽九光开，黑白龙泉挂碧来。石洗牛心传虬事，双虹鹊渡会奇才。

题华山诗

青崖白谷倚瑶台，铁索攀登石壁开。物祖雄奇浮磬玉，苍龙岭上踏云来。

题山水图

龙松凤柏满山冈，七级浮图日影长。宝柱峰青无限好，征帆几片更悠扬。

题逆水行舟图

湍急何曾惧险夷，拈来黑白下闲棋。青屏翠嶂三山外，满照秋光景物移。

题月夜箫声图

崖前滴翠玉蟾门，碧凤箫鸣足醉魂。一道飞龙三百尺，光开万古月留痕。

题山水图

双飞紫燕绿沙洲，古渡轻划一叶舟。浪静平湖三十里，佳人笑倚冰心楼。

题山水图

雁门关畔雁南飞，一抹秋光润翠微。兀坐窗前闲眺望，凉风习习满林绯。

兀坐，危坐，端坐。

题山水图

水阁清幽面面风，青屏翠嶂显芳容。长流不尽天然韵，大好山光乐无穷。

题山水图

云门石屋访神仙，蜿曲通幽一线天。岭转峰回飞白练，经楼万卷几何年？

题四川西部金秋

拈来翰墨写霜纨，万古年年不胜寒。见得红丘朱与碧，方知耸嶂怕风餐。

题山水图

雅筑茅庐逸出家，超然世外绝尘沙。潺湲碧韵流无尽，款曲知音唤小茶。

题山水图

辞文一叠踏朝曦，回顾峰峦不倒骑。迢递钟声南岭畔，穿林涉涧雾云披。

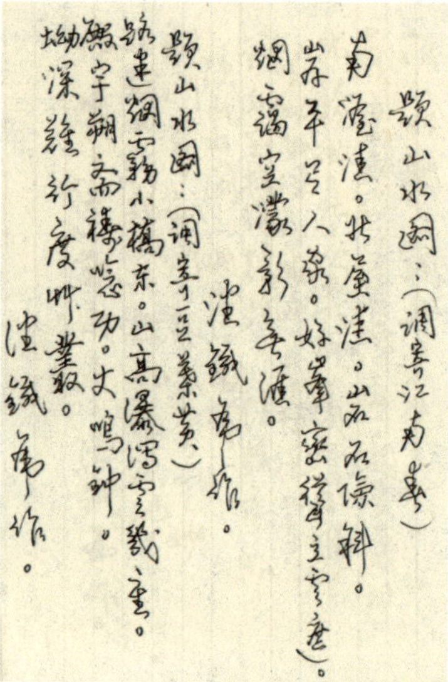

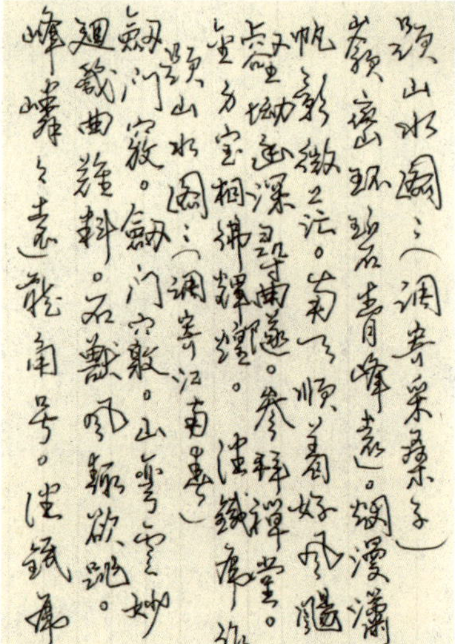

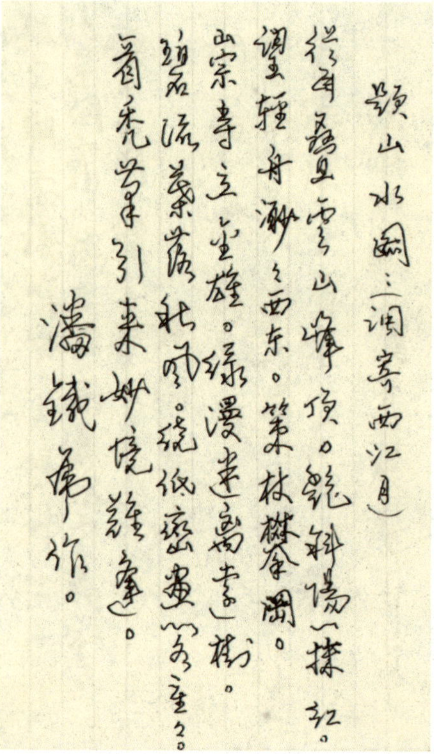

潘承基手稿（部分）

潘国光国画　《野亭清话》

山石壁挂飞流无限神仙在上头采得新诗题石壁老人惆怅在楚亭
戊子春月於吴门画院竹韵楼
满国光

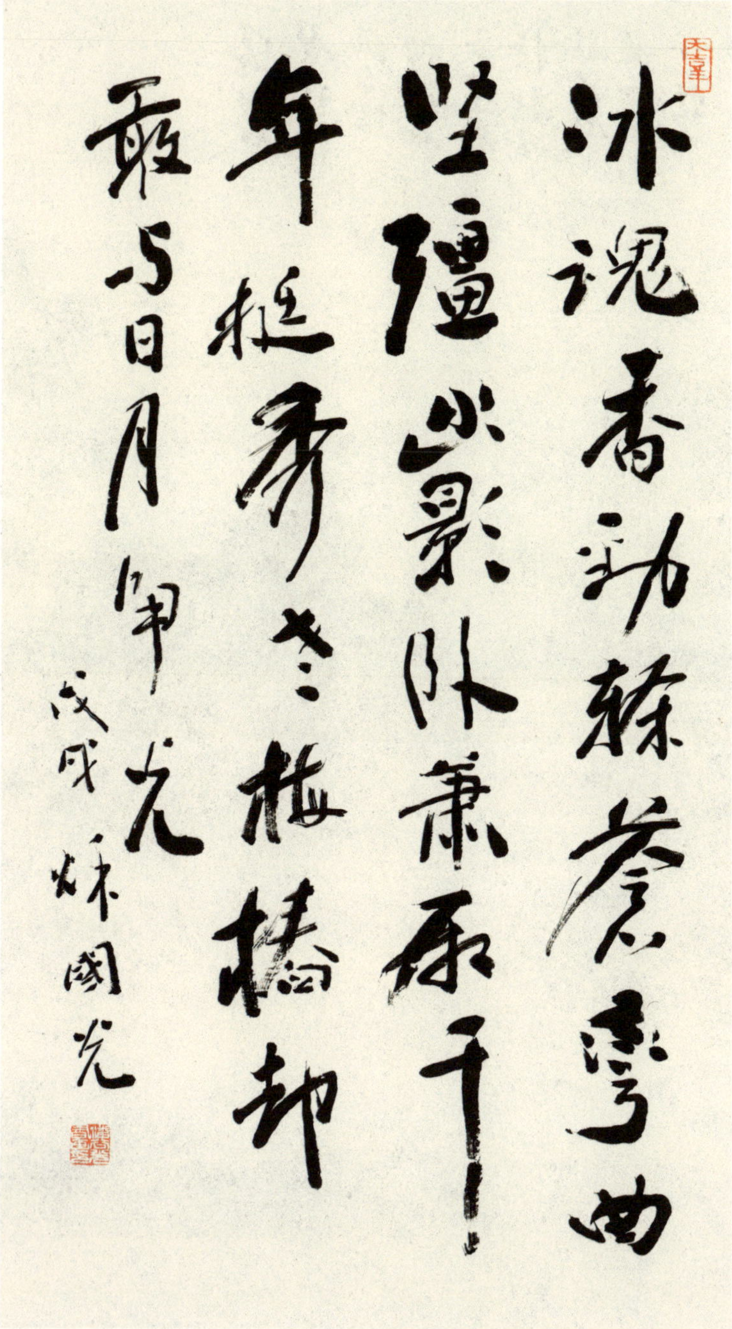

潘国光书法　《调寄江南春（题梅花图）》

后记

光阴荏苒，转眼我已是将近八十岁的老头了，但心里总记挂着一件未做之事。

父亲在病床上的几句话时常浮现在我脑海里，他说：『我一生没给你们留下什么东西，在那个特殊年代，给你们，尤其给你带来了不能言语的精神痛苦，现在这一切已成为历史，你要把画画专业专下去，好好传承和光大吴门画派。』他还说：『人总要走的，要给后人留下一点东西。』说着父亲便从口袋里拿出一沓小本本递给我，叫我以后有可能的话印出来（出版），我知道这是他平时经常在反复看看写写的题画诗词手稿。

父亲少年时进过私塾，青年时代毕业于颜文樑创办的苏州美术专科学校，汉文学和绘画是他的专长。我自小即在他的熏陶下，把绘画当成自己的终生爱好和事业追求，这是父亲给我留下的最宝贵的财富。人们都说『诗是有声的画，画是无声的诗』，因此诗和画是不同形式而意境追求、感情抒发却一致的艺术。

父亲在世时经常为我的画题诗句，我也以父亲的诗意作画。最近与朋友钱新栋先生（『易德龙』董事长）谈及此事。钱先生很是喜欢古典文化，看了我父亲的题画诗词，特别是一百首回文诗，大为敬叹，决定帮助出版《潘承基题画诗词集》，完成我们父子两代人的夙愿。因此，我根据父亲的诗意，为本集增加了书画数页，以诗情画意来追思父亲的养育之恩，感念我们的父子之情。本集出版不仅承蒙钱先生和钱太太的支持，还得到了许多朋友、专家的帮助，在此一并深表谢意。另外，诗词内有很多稀见的汉字或韵律，在整理书稿过程中，我们尽量保持原貌。题画词部分有些词牌为变体，个别词句疑有漏字，但都尊重原作如实呈现。疏误之处，请读者提出宝贵意见。

潘国光

二〇一八年十一月十日